Physiologies-Aubert.

PHYSIOLOGIE

DU

CRÉANCIER ET DU DÉBITEUR

PAR MAURICE ALHOY,

Vignettes de Janet-Lange.

PARIS.

ᵁRT, ÉDITEUR, | LAVIGNE,
de la Bourse. | 1, rue du Paon-Saint-André

Livres illustrés.

LES ANIMAUX PEINTS PAR EUX-MÊMES, magnifique volume illustré par Grandville. — LES FABLES DE FLORIAN, par le même artiste. — LES FEMMES DE SHAKSPEARE, livre de luxe, orné de gravures anglaises. — LES BEAUTÉS DE LORD BYRON, texte par Amédée Pichot, gravures anglaises du plus grand mérite. — LE MUSÉUM PARISIEN, texte par L. Huart, dessins par Gavarni, Daumier, Grandville et autres. — LES FABLES DE FLORIAN, édition illustrée par Victor Adam. — PARIS DAGUERRÉOTYPÉ, les rues de Paris avec texte explicatif et historique. — LA GALERIE DE LA PRESSE, DE LA LITTÉRATURE ET DES BEAUX-ARTS, trois gros volumes : 147 portraits des artistes et gens de lettres en réputation. — LES FASTES DE VERSAILLES, texte par M. Fortoul, gravures anglaises et françaises. — PHYSIOLOGIES par MM. Balzac, — Delor, — L. Huart, — Lemoine, — H. Monnier, — Maurice Alhoy, — Marco Saint-Hilaire, — Ourliac, — Philipon, — James Rousseau, — F. Soulié et autres; dessins de Daumier, — Gavarni, — Janet-Lange, — A. Menut et autres.

LES CENT-ET-UN ROBERT-MACAIRE, texte par MM. Maurice Alhoy et Louis Huart, dessins par *Daumier*, sur les idées et légendes de *Ch. Philipon*, 2 beaux volumes, 101 dessins. Prix, 20 fr.

LE MUSÉE POUR RIRE, texte par MM. *C. Philipon, Louis Huart* et *Maurice Alhoy*; dessins de MM. *Gavarni, Grandville, Daumier, Bouchot* et autres, 3 beaux volumes. Prix : 30 fr.

Estampes.

Estampes d'encadrement, — Estampes de genre, pour albums, etc., — Modèles de figures, de paysages, de fleurs, d'animaux, — Ornements anciens et modernes, — Costumes de théâtre et de travestissements, — Costumes civils et militaires, — Dessins pour les fabricants d'étoffes, d'impression sur toile et sur papier, de broderies, de tapis, etc., etc.

Caricatures.

La maison Aubert a fondé les journaux qui publient des

PHYSIOLOGIE

DU CRÉANCIER ET DU DÉBITEUR.

IMPRIME PAR BÉTHUNE ET PLON, A PARIS.

Physiologie
DU CRÉANCIER
ET
DU DÉBITEUR,

PAR

Maurice Alhoy,

Vignettes de Janet-Lange.

PRISON POUR DETTES

PARIS,
AUBERT ET Cie,
Place de la Bourse

LAVIGNE,
Rue du Paon St-André, 1

ÉPIGRAPHES NON ILLUSTRÉES

QUI SERVIRONT DE PRÉFACE.

❧

— Monsieur, je voudrais bien savoir quand vous me payerez?

— Vous êtes un drôle bien curieux.

> FEU LE PRINCE DE TALLEYRAND.

Emprunter, c'est presque mendier; mais emprunter sans rendre, c'est presque voler.

> UN HUMORISTE.

Tu peux m'emprisonner, ô fortune ennemie!
Mais me faire payer, parbleu, je t'en défie!

> REGNARD.

. . . . . . Mais rendez donc l'argent.

> RACINE.

Si votre débiteur éprouve de la gêne, attendez qu'il soit plus aisé. Si vous lui remettez sa dette, ce sera plus méritoire pour vous...

> KORAN, traduit par Kazimirski.

Prêter, c'est compromettre son argent et risquer son ami.

> ANONYME.

L'or est une chimère.

> SCRIBE.

Parisiens... le papier timbré vous dévore!

> Feu FOURNIER VERNEUIL.

J'nai qu'un sou.

> ROMIEU, préfet de la Dordogne.

CHAPITRE PREMIER.

La première affaire.

PRED'HOMME

Au départ de la vie de jeune homme, quand un matin, au réveil, on se trouve tête-à-tête avec le déficit au budget mensuel, que la bourse n'a plus sa douce voix métallique, et que le tiroir du secrétaire ne renferme que les lettres plus ou moins pastorales de la famille, à qui demander appui? Que de débutants dans l'emploi d'Enfant prodigue regrettent alors la fiction des bonnes fées qui, à la voix du pauvre, apparaissaient sous la figure d'un petit oiseau bleu protecteur,

ou sous la forme d'une fleur d'églantier, dont
le calice se transformait en corne d'abondance !

De nos jours, la Providence a détrôné les
fées, les djins; elle a le monopole des talis-
mans; c'est à elle qu'il faut en appeler, aux
heures de tristesse et de disette.

Au novice qui rêve un premier emprunt,
elle apparaît sous la forme oblongue d'une
feuille de papier timbré, ou sous les traits plus
matériels d'un enchanteur que les procureurs
du roi s'obstinent à qualifier du nom d'usurier ;
ce magicien tient à la main une légende :

FRED' HOMME

mot sacramentel plus puissant que tous les termes cabalistiques, plus fécond que toutes les pratiques de l'alchimie.

— Jeune homme, dit l'enchanteur, que vous faut-il?

— De l'argent.

— Je vous donnerai de l'or, pourvu que vous payiez le change.

— Je payerai tout ce que vous voudrez. Que faut-il faire?

— Prendre votre plume pour écrire un mot... un seul mot.

— Accepté.

— C'est précisément ce mot-là que je vous demande; il s'agit de cette formule mise ici en travers, c'est plus orthodoxe.

— A présent, dit l'enchanteur, qu'à partir de ce moment nous appellerons le capitaliste, à présent je vais marier mon style au vôtre.

Et il ajoute ces formules barbares qui ne peuvent être traduites que par les Champollion de la Bourse : *Il vous plaira payer par cette seule de change et à mon ordre la somme de .... que vous avez reçue et que passerai sans autre avis de votre serviteur.*

— Quel grimoire ! dit le jeune homme.

Et il tend son chapeau, et les pièces d'or tombent dans son feutre avec la profusion du métal qui s'échappe du balancier du monnayeur.

— Jeune homme, dit le prêteur, dans quatre-vingt-dix jours vous me reverrez, et si vous ne faites pas honneur au pacte du remboursement, j'aurai acquis le droit de vous mettre en cage.

— Connu.

— Adieu, jeune homme ; quand vous aurez besoin d'argent :

Appelez-moi, je reviendrai.

comme dit la romance que chante ma fille, sur un piano à queue d'Érard, que je vous vendrai à crédit, quand vous voudrez.

— Tout de suite.

— Jeune homme, nous mordons trop vite aux propositions ; payons d'abord le premier effet, et après, votre crédit n'aura plus de bornes.

A peine le prêteur est-il hors la porte, que l'emprunteur tombe en extase devant ses capitaux. C'est presque un rêve que cette fortune subite ; il la palpe, il la fait sonner, la roule sur elle-même, puis il la morcelle, la fractionne, la divise : de l'or dans ses tiroirs, de l'or dans ses poches de droite et de gauche, de l'or dans sa

bourse, et, par esprit de prévoyance, quelques pièces sont jetées au hasard et sans être comptées dans les cendres du foyer.

Un jour le dissipateur sera heureux de les retrouver ; il se fera un passe-temps de leur recherche, une espérance, puis une joie de leur découverte.

Quand le Pactole de l'emprunt s'est écoulé dans les divers canaux que le jeune homme vient de lui ouvrir, il donne un souvenir de reconnaissance à la magie du mot *accepté*.

Il comprend tout ce que cette formule laconique donne de poésie à l'existence et de valeur à l'espèce humaine.

Ce fut une grande pensée que celle d'avoir monnayé le corps de l'homme, et d'avoir pour ainsi dire mobilisé ses membres.

Avoir un corps à mettre en gage, c'est avoir des lingots à mettre à la fonte.

Les nègres sont vraiment bien étonnants de ne pas vouloir rester marchandise !

C'est qu'ils ne comprennent pas bien la question : M. Granier de Cassagnac les convertira.

Je n'ai pas le moindre patrimoine à concéder, pas de rentes à déléguer, pas une motte de terre à hypothéquer, je demande de l'argent !

On répond : — Mettez votre corps en nantissement.

Je réponds : — Accepté , et je signe... et tous

les biens de la terre , toutes les joies de la vie roulent sur moi comme l'avalanche.

Oh ! vive la traite des corps !... vivent les législateurs qui ont inventé la lettre de change ! ils ont rétabli la balance du droit naturel ! ils ont trouvé la solution du fameux problème de l'égalité absolue.

On a pétitionné beaucoup contre cet ordre de choses. Folie ! Cette opposition ne peut venir que de Satan , à qui le prêteur d'argent fait con-

currence. Le diable craint pour son commerce ;
on a bien moins d'occasions de lui vendre son
âme, depuis qu'on peut vendre ailleurs son
corps !

Et le jeune homme qui a devant lui quatre-
vingt-neuf belles nuits à franchir avant d'arriver
au jour de l'échéance, pousse un cri de joie, et,
faisant de la formule du pacte commercial
son mot d'ordre favori, son cri de ralliement,
il répond à toutes les séductions de la vie, à
tous les appels, aux fêtes, à l'orgie...

— *Accepté ! accepté !*

CHAPITRE II.

Les affaires de jeunes gens.

Un jeune homme comme il faut porte en lui-même, une fois parvenu à l'âge de vingt ans, un capital dont il n'a jamais touché les intérêts, et dont il est de toute justice que la société lui tienne compte.

Eh quoi ! les inscriptions de rente, les actions de la banque, les coupons d'omnibus, tous les capitaux enfin produisent des intérêts; et vous refuseriez d'en payer à mon capital d'homme?...

Vous êtes des fripons !

Or, voici comment j'établis mon compte :

Ma mère me porte neuf mois dans son sein ; pendant ce laps de temps elle a des fantaisies plus ou moins coûteuses, et qu'en taxant au plus bas je puis évaluer à . . . . 3,000 fr.

Je viens au monde : les frais d'accoucheur, les frais de garde, le baptême, etc., etc. 500

La nourrice pendant deux années, y compris l'impôt du savon, du sucre et des premières dents. . 2,500

Me voilà sevré. Pendant six ans je grandis et je me développe à l'ombre du foyer paternel : on me gâte, on me passe tous mes caprices ; à 500 fr. par an il ne faut pas en avoir beaucoup. Ci 3,000

On me met en pension ; j'y reste huit ans. Le lazaret universitaire coûte 1,200 fr. par an. . . . 9,600

Viennent les maîtres dits d'agréments : pendant six ans je racle avec un archet les cordes d'un violon ou je meurtris les touches d'un piano. Formé à l'art de perforer

mon semblable, j'apprends la danse

nationale du carnaval, en ayant soin de rester sur la lisière qui sépare le gracieux de l'échevelé... le tout pour 1,500 fr. par an. C'est pour rien. 9,000

Je fais mon droit : le prix de mon inscription, l'achat des livres indispensables , la pension que mon âge et ma position réclament , 2,400 fr. par an. Pendant trois ans. . . 7,200

Montant de mon capital. . . 34,800 fr.

Qui le représente, ce capital? Ma personne. Ainsi me voilà instruit, spirituel , charmant , propre à tout; je vais tenter l'escalade des emplois publics , essayer la robe d'avocat, briguer la toque de la magistrature... Partout on me reçoit avec les égards que je mérite , mais on m'éconduit sous soixante-sept millions de prétextes qu'il serait ici trop long d'analyser.

J'en suis bien fâché, société! mais c'est pour toi que j'ai capitalisé; c'est pour ton bien que je me suis fait homme... tu me dois les intérêts de mon capital... c'est 1,700 fr. de rente... il me les faut, et je les toucherai, en dépit de tes huissiers , de tes recors et de ton palais de la dette.

Mais la société , représentée, financièrement parlant, par les banquiers, usuriers, escompteurs et autres bipèdes voraces, voit les choses sous un tout autre aspect. L'homme-capital , ou le capital-homme, ne lui inspire pas la moindre confiance, et elle ne vous prêterait pas sur cette valeur de quoi passer le pont des Arts. Heureusement, dans la situation où je viens de le placer, un jeune homme a des parents ; ce qui rend la société un peu plus traitable et l'empêche de fermer trop hermétiquement les cordons de son escarcelle.

Vous avez des parents, jeune homme? ils vous aiment, ils sont riches, ils n'ont que vous d'enfant? Très-bien; l'affaire peut s'arranger. Mais les parents les meilleurs ; les plus indulgents, les plus généreux, sont bien durs quand il s'agit de payer des dettes en avance d'hoirie : ils chicanent, ils temporisent, ils rognent le chiffre... Et puis l'argent est si rare, si rare, que vous n'en trouveriez pas pour tout l'or du monde.

Ainsi parle la société par l'organe sec et métallique d'un usurier.

De là ces emprunts fantastiques, célèbres déjà du temps de Molière, et qui ont encore autant de vogue aujourd'hui que s'ils étaient inventés d'hier.

D'abord le prêteur auquel vous vous adressez n'a pas d'argent ; c'est bien convenu. Mais, comme il tient à vous obliger, il pense à un de ses amis, qui, sur sa recommandation, pourra peut-être faire votre affaire. Cet ami n'a pas d'argent non plus ; — qui a de l'argent aujourd'hui ? — Seulement l'ami a des valeurs excellentes... des valeurs solides, matérielles, réalisables en une demi-heure... en un mot des marchandises de première nécessité, que vous revendrez, à très-peu de chose près, pour le prix qu'elles vous auront coûté.

L'usurier vous donne une épître pour son ami ; celui-ci prend la lettre, la lit avec un on prononcé de mauvaise humeur.

— Trois mille francs !... s'écrie-t-il, et où veut-il que je prenne trois mille francs ?..... Tout ce que je possède ne ferait pas la moitié de cette somme...

Puis après un moment de silence, pendant lequel le capitaliste a étudié phrénologiquement l'emprunteur, il entame la conversation.

— Monsieur, mon ami a dû vous dire que je ne suis pas un escompteur.

— Cependant il m'a fait espérer que vous me prendriez cette acceptation.

Et le jeune homme présente timidement son acceptation.....

— Il a eu tort, très-grand tort... Enfin puisqu'il vous l'a dit... mais, je vous le répète, je
n'escompte pas; j'achète... Combien voulez-
vous de ce chiffon de papier ?

—Dame ! voyez... ce que vous jugerez con-
venable... arrangez ça pour le mieux...

— Il est de trois mille francs, à trois mois...
je vous en donne deux mille francs.

— Deux mille francs, soit.

— On vous a dit que je n'avais pas d'argent.

— Oui.

— Mais c'est la même chose... j'ai des valeurs excellentes. Venez avec moi.

Le porteur introduit l'emprunteur dans une chambre voisine, bazar industriel riche en produits d'occasion, musée d'escompte dont la plume de Balzac pourrait seule faire l'inventaire. Là sont entassés sans classement mille objets divers : ce sont des vieilles guitares, des lithographies retouchées à l'huile, des jouets d'enfants, des souricières, des fauteuils sans bras, des commodes sans pieds, des pianos sans cordes.

— J'espère que voilà du choix ! s'écrie le prêteur... Je vais vous faire un petit assortiment dont vous serez enchanté... Voyons... deux contre-basses... elles sont d'un excellent facteur... un violon Amathis... il a appartenu au fameux Lulli ; il porte encore la cicatrice d'une blessure qu'il a reçue dans un des fréquents accès de colère du collaborateur de Quinault... cinq clarinettes, deux flûtes... vingt-cinq polichinelles... cinquante souricières... Je vais vous faire un lot de quatre cents francs, que je vous passe, prix marchand, à trois cent soixante - quinze francs. Maintenant descendons.

Et le prêteur introduit l'emprunteur sous un hangar pratiqué au fond d'une cour.

— Voici, dit-il, une partie de pavés fort avantageuse... J'ai eu cela pour rien. d'un entrepreneur qui allait faire faillite... C'est bien heureux pour vous... c'est une affaire d'or... je puis vous donner cela pour huit cents francs.

— Mais qu'est-ce que vous voulez que je fasse de huit cents francs de pavés?

— Quand je vous dis que c'est de l'or en barre... des pavés, ça se vend comme du pain... on a toujours besoin de pavés... aujourd'hui surtout qu'on fait tant de rues nouvelles... c'est une marchandise qui hausse tous les jours... Nous disons donc huit cents francs. Je vous ferai aussi un lot de pierres meulières sur place... vous vendrez cela facilement pour les fortifications de Paris. Je ne vous en chargerai que pour sept cents francs. Et, comme appoint, trente-cinq bouteilles de kirsch, véritable Forêt-Noire, qui vient de la cave de Louis XVIII, à moins que vous ne préfériez un serpent à sonnettes empaillé.

Le marché est conclu; et, comme vous ne connaissez personne qui puisse vous acheter votre pacotille, l'obligeant prêteur veut bien vous donner l'adresse d'un brave homme qui s'en arrangera sans doute. Le brave homme vous offre, du tout, cinquante pour cent, c'est-à-dire mille francs... C'est de l'argent à deux cent trente-trois pour cent.

Est-il besoin de dire que le prêteur, son ami et l'acheteur ne sont qu'une seule et même personne, c'est-à-dire que les deux derniers ne sont que les compères du premier? Voilà vingt ans que les pavés, les instruments, les polichinelles, les souricières et le serpent sont vendus quinze fois par mois, et ils reviennent toujours dans le même magasin, où vous pourrez les aller acheter dans vingt ans encore.

Un usurier, très-connu par les affaires commerciales qu'il faisait exclusivement avec les officiers, donnait, dans chaque négociation, une calèche, dans laquelle l'officier retournait en poste à son régiment. L'usurier avait l'attention de faire peindre sur les panneaux l'écusson qui convenait à chaque catégorie d'emprunteur : tantôt c'était un coquet cor de chasse, que le peintre plaçait en l'honneur d'un officier de chasseurs; si l'emprunteur était dans l'artillerie, un obus illustrait les panneaux de la voiture; ou bien c'était une grenade, deux lances, deux pistolets en écusson. Cette calèche a tenu toutes les garnisons de France. Le prêteur donnait à l'emprunteur un domestique de son choix, lequel domestique se métamorphosait en brocanteur au but de son voyage, et rachetait, pour le compte du prêteur, l'équipage à quatre-vingts pour cent au-dessous du prix d'acquisition.

Un autre prêteur offrait, comme valeur comptant, une des pièces de canon qui sont en

batterie aux Invalides. Cette coulevrine venait, disait-il, d'Afrique : l'ex-dey d'Alger l'avait donnée en payement à l'un de ses aïeux ; mais l'armée française, au mépris des droits acquis, avait fait main basse sur la pièce d'artillerie. L'usurier ajoutait qu'il était en instance près du conseil-d'état pour rentrer dans sa coulevrine, et il substituait l'emprunteur à tous ses droits. Ce transfert était compté pour deux mille francs. Un mois après, la coulevrine était rachetée par son propriétaire pour trois cents francs...

Il est cependant quelques prêteurs, de vrais gâte-métiers, qui vous donnent des écus, de vrais écus, tout flambants neufs, tout reluisants au soleil. J'en ai connu un, de ces honnêtes usuriers ; un vaudevilliste allait chez lui un jour pour lui emprunter mille francs.

— Voilà mille francs, dit le prêteur. Seulement j'ai l'habitude de retenir les intérêts en dedans ; cela revient au même, et c'est plus régulier... ça épargne des écritures... Mille francs pour un an... à cinquante pour cent, c'est cinq cents francs d'intérêts que je garde... Voilà cinq cents francs. »

La femme du prêteur était présente à cette mirifique opération ; elle disait tout bas à son mari : « Que t'es donc bête !... fallait lui prêter les mille francs pour deux ans. et retenir l'escompte... comme ça tu n'aurais rien eu à lui donner. »

Un jeune dissipateur, qui un jour devait être un riche héritier, vint trouver le capitaliste J..., et lui confessa que depuis cinq jours il avait oublié le logis paternel et avait transporté ses pénates à Montmorency, à l'hôtel du Cheval-Blanc.

Parti le matin, il avait promis à l'hôtelier de lui rapporter cent écus, montant de sa note.

— Vous avez besoin de cent écus, mon ami, dit J..., voilà cinq cents francs en or, et je ne veux qu'une simple reconnaissance.

Le jeune homme faillit tomber d'étonnement à la renverse.

Huit jours après, l'emprunteur rencontra J..., et lui dit les larmes aux yeux :

— Un grand malheur vient de frapper ma famille ; j'ai eu le malheur de perdre mon père la veille du jour où je suis venu chez vous... et je l'ignorais.

— Moi, je le savais, répondit flegmatiquement le capitaliste...

CHAPITRE III.

L'Interdit.

Au moment où le jeune homme s'élance dans la vie, joyeux du son métallique que rend sa bourse, qui était muette la veille, souvent il arrive que le capitaliste qui lui est venu en aide s'avance de son côté vers le logis du père de l'enfant prodigue, et lui tient à peu près ce langage :

— Monsieur, je n'ai pas l'honneur d'être connu de vous, mais je connais monsieur votre fils... c'est un blond.

— En effet, monsieur, dit le père de famille, la nature l'a doué de cette nuance, qui est également la mienne, celle de mon épouse et celle de Zénobie, ma fille.

— J'en suis flatté, car, je le dis avec sincérité, j'ai un faible très-accentué pour cette nuance. Quand j'étais dans les affaires, je traitais de préférence avec les blonds. Cette couleur révèle presque toujours en celui qui la porte l'urbanité des formes (*le père blond s'incline*), la douceur de caractère (*seconde inclinaison du père*), la quiétude de l'âme qui est exempte de ces convulsions qu'on retrouve dans la nature des bruns (*troisième inclinaison du père de famille*). Je rentre maintenant dans la question. Si je ne vous avais pas fait ma profession de foi, vous auriez eu le droit de me demander pourquoi je m'intéresse plus à votre famille qu'à toute autre famille, pourquoi je me permets de me mêler de vos affaires; sans ma sympathie pour les blonds, j'aurais vu sans effroi votre héritage compromis.

— Que voulez-vous dire?

— Je me serais peu inquiété de la fausse voie dans laquelle monsieur votre fils est engagé; s'il eût été brun, je l'aurais laissé se noyer impitoyablement dans l'océan des lettres de change.

— Mon fils se noie! dit le père hors de lui-même.

La maman, qui a écouté aux portes, répète :
— Notre fils se noie... au secours!...

La sœur de l'enfant prodigue arrive , et fait écho : — Mon frère se noie... à la garde !... à la garde !...

— Consolez-vous et désolez-vous tout à la fois , répond le père d'une voix grave ; Giraud se noie seulement dans l'océan des lettres de change.

Les pleurs s'arrêtent , et une morne consternation se répand sur toutes les figures.

On félicite le donneur d'avis ; on lui promet de l'inviter souvent à dîner ; on remercie la

JORET JEUNE.

Providence d'avoir donné un enfant blond à la famille ; la sœur fait accepter au délateur officieux une paire de bretelles de sa composition.

Celui-ci s'enhardit, et, pour prouver au père de famille l'authenticité de son récit, il montre les traites dont il est porteur; il est prêt à les sacrifier, pourvu qu'on les lui rembourse intégralement : quand il a fait l'affaire, il croyait le jeune homme brun ; ce n'est qu'après avoir donné son argent qu'il a mis ses lunettes.

— Je viens vous donner un conseil, dit l'ami des blonds : il faut immédiatement arrêter le torrent qui menace de grossir; la lettre de change passera bientôt à l'état d'avalanche... il n'y a qu'un remède, c'est l'interdiction.

L'interdiction est l'arche sainte des héritages; il faut y faire entrer le jeune homme.

Huit jours après cet entretien, l'enfant prodigue est en tutèle légale : les tailleurs lui rient au nez en passant sur le boulevard, et il ne peut même plus trouver à crédit une contre-marque de l'Ambigu ou un bain à domicile...

CHAPITRE IV.

Des fournisseurs.

I l y aurait lacune dans la *Physiologie du Débiteur et du Créancier*, si nous passions sous silence le fournisseur, et si nous ne citions au moins pour mémoire cette famille, dont les variétés se multiplient à l'infini.

Si nous ne faisons qu'un salut au passage de cette myriade d'intéressés, c'est qu'il nous a été révélé que chaque division de cette classe populeuse aurait son chantre et son biographe.

Déjà notre spirituel collaborateur L. Huart a doté la France de la *Physiologie du Tailleur*, sur laquelle il a greffé avec bonheur la monographie du *Chemisier*.

Nul doute que le bottier, le chapelier, la marchande de modes, le boulanger, le porteur d'eau plus ou moins filtrée, n'aient bientôt leur Brantôme. Dans notre cadre resserré,

nous ne pourrions donner qu'une esquisse im-
parfaite de ces physionomies si variées; mieux
vaut passer outre. Dans le développement de
nos théories, nous laissons à l'intelligence de
chaque corps d'état le soin d'apprécier les
règles stratégiques qui paraissent applicables
à son individualité.

CHAPITRE V.

Se faire payer.

S e faire payer d'un débiteur en jouant quitte ou double, c'est-à-dire en tentant les chances hasardeuses de la procédure, en appelant, à ses frais, l'arsenal de la Thémis consulaire, c'est l'A B C du recouvrement et le chemin vulgaire où le créancier de bon sens se hasarde rarement; il sait ce que coûtent les frais de route.

Mais conquérir un solde par la force persuasive, sans appel à l'huissier, sans mise en scène du par corps, sans recours à la sellette consulaire, c'est une victoire qu'il n'est donné qu'au créancier d'élite de remporter.

En matière de recouvrement, le premier principe stratégique est d'étudier à fond l'homme qui doit, si on n'a pas la pensée de l'étudier avant qu'il doive.

Les débiteurs sont comme les malades, il faut les traiter suivant leur tempérament; tout le secret de la cure et du remboursement est là.

Il y a des créanciers assez mal avisés pour contester au débiteur le droit de boire du champagne ou de se prélasser dans une stalle

à l'Opéra, sous prétexte que l'argent dont il

paye la carte ou son coupon pourrait être transformé en à-compte.

C'est une prétention hors nature que de vouloir sevrer de plaisir l'homme qui précisément a emprunté pour grossir la somme de joies qu'il a hâte de dépenser.

Si vous torturez sa vie joyeuse, elle lui deviendra plus chère; et vous reculez le moment où il y renoncera. Je l'ai dit dans un vaudeville par la jolie bouche de madame Doche :

> Toujours un goût qu'on veut contraindre,
> Comme l'amour qu'on veut éteindre,
> Grandit alors qu'il est martyr.

Le créancier d'un *viveur* n'a donc rien de mieux à faire que de le laisser vivre, et de guetter une de ces levées de table où l'âme est portée aux élans de générosité, où l'argent brûle la poche du dissipateur, et où il éprouve le besoin de jeter son lest métallique au profit du premier venu... Alors que le créancier se présente adroitement presque incognito, comme si la rencontre venait du hasard, il recevra immédiatement son payement, ou une fraction, tout en assurant qu'il ne venait pas pour cela, et, une fois nanti, il aura le droit de dire :

— *Monsieur, ça ne pressait pas,*

formule obligée de tous les créanciers très-pressés.

Le *créancier tapageur* vit dans un ordre d'idées qui souvent lui est funeste. Sa lutte obstinée contre les cordons de sonnette est sans

résultat, heureux, quand il a affaire à un débiteur bon logicien, qui appuie ainsi son refus :

— Je ne puis vous payer sans me placer sous la triple prévention d'injustice, de lâcheté et de bêtise :

D'injustice, parce que je vous accorderais ce que je ne donne pas aux créanciers patients et résignés;

De lâcheté, parce que j'aurais l'air d'avoir payé à la peur ;

De bêtise, parce que, le lendemain, tout le monde usurperait le droit de casser ma sonnette.

Le créancier se retire plus ou moins persuadé. Si l'argument ne produit pas l'effet voulu, le corps-de-garde voisin appuie la démonstration, et, par une application à rebours du texte légal, le débiteur fait mettre le créancier en cage, et, le soir, la famille du captif tombe aux pieds du débiteur, qui apostille un recours en grâce par-devant le commissaire, afin que le créancier tapageur n'aille pas coucher sur l'édredon de la salle Saint-Martin.

Quelquefois, cependant, on doit à la vérité de dire, que le créancier tapageur a remporté la victoire.

Un tailleur allemand aperçoit un jour un de ses débiteurs qui déjeune dans un des élégants cafés du boulevard ; il entre, se place à la table voisine, et, après avoir regardé plusieurs fois son client, il dit :

— Gand on toit de l'archent à zon dailleur, on le baie.

Ce qui peut se traduire à peu près ainsi :

« Quand on doit de l'argent à son tailleur, on le paie. »

Le débiteur jugea à propos de laisser tomber la mauvaise humeur du créancier, et il garda le silence.

Le tailleur recommença sa phrase favorite, haussant chaque fois davantage l'intonation.

A la cinquième apostrophe du créancier, un consommateur, moins patient que le débiteur, se lève, s'avance vers l'Allemand, et, imitant son accent, dit :

— Gompien vous esd-il tû, mon ger ?

Traduction du texte :

« Combien vous est-il dû, mon cher ? »

— Deux bille vrans (*lisez :* deux mille francs).

— Tenez, les voilà, dit le consommateur ouvrant son portefeuille, et laissez monsieur déjeuner en repos.

Le débiteur s'était levé et voulait empêcher l'exécution de l'offre.

— Monsieur, dit l'obligeant habitué, vous ne me devez même pas de remercîments. J'exècre le jargon allemand; il me porte aux nerfs comme un orgue de Barbarie, et je suis trop heureux de m'en être débarrassé pour une bagatelle.

Nous ne tirons aucune induction de ce fait; nous ne le proposons pas comme moyen efficace de recouvrement. Le créancier qui tenterait cette voie chercherait peut-être long-temps avant de trouver une antipathie si prononcée contre l'accent teutonique.

Le créancier qui a la prétention de recouvrer ses fonds doit avoir le pied du cerf, l'œil de la mouche, l'ouïe de la carpe non frite... S'il n'est pas phrénologue, il faut qu'il soit au moins lavatérien, et qu'il puisse dire, en voyant une figure... — Voilà une tête qui appartient à un homme qui va chercher des fonds... Alors c'est aux jambes à suivre le débiteur, et quand elles l'ont cerné dans l'embrasure d'une porte cochère de banquier, la bouche alors fait son office.

La situation inspirera le créancier.

Si le créancier a l'oreille au guet, souvent il profitera de bonnes aubaines.

Exemple :

Le lendemain d'un jour d'échéance où il avait oublié de payer à présentation un effet de

400 francs, le jeune baron de C... avait invité quelques amis à dîner au Rocher-de-Cancale.

Après boire, il entr'ouvre la porte, demande à haute voix la carte, et jette vingt louis sur la table.

La voix de l'Amphitryon pénètre dans un salon voisin où le banquier M... dîne avec sa famille ; il a entendu le son de l'or, il a reconnu le roi du festin.

Le banquier M... est précisément porteur du billet non payé la veille ; il l'a par hasard sur lui. Une inspiration lui vient : inspiration qui ne peut venir qu'à un homme de banque : il se lève de table, ôte ses lunettes, conjure son épouse de passer ses doigts agiles dans sa chevelure platte, afin de la faire créper et arrondir en spirale comme le tube capillaire des garçons-modèles ; il consulte la glace en se dandinant et en agitant sa serviette.

Il transforme son accent, ordinairement bref, en une voix nazillarde...

Il crie : — Voilà, messieurs.... voillà.... voillllà.... voilllllà....

Il s'élance dans le salon ; le baron de C... remet le montant de la carte.

Le banquier s'esquive, et, un moment
après, le véritable garçon rapporte, de la part

d'un *monsieur* qui vient de sortir, un chiffon
de papier que l'Amphitryon reconnaît pour son
billet de la veille, surorné d'un acquit.

Ce trait doit faire prendre patience à tous
ceux qui ont des recouvrements à faire.

Il était encore bien conseillé du Ciel, le père Bernard, dont le nom est resté célèbre dans les annales de la petite Bourse.

Le père Bernard avait passé les deux tiers de sa vie à prêter, et le dernier tiers il s'occupa de recouvrer.

Père Bernard avait renoncé aux moyens de rigueur : il ne menaçait jamais; il priait toujours; c'était la larme à l'œil qu'il redemandait ses capitaux... il abordait un débiteur comme un autre eût abordé un créancier.

— Mon ami, disait-il, vous avez bon cœur, je viens vous demander un service... donnez-moi un peu d'argent.

— Comment donc ! monsieur Bernard, mais ce ne serait qu'une restitution.

— Je veux oublier que vous êtes mon débiteur, à condition que vous ne l'oublierez pas... Je ne suis pas heureux, mon ami...

Et M. Bernard vous récitait une Odyssée de malheurs sans nombre, qui avaient assailli sa famille et lui-même; il avait recours aux emprunts à son tour; heureusement il espérait trouver autant d'amis que de débiteurs, et chacun s'empresserait de venir, disait-il, à son secours.

Quand M. Bernard trouvait un client re-
belle ou dans l'impossibilité de se libérer, il
intéressait à sa prétendue infortune les voisins,
les domestiques, la portière, le commissionnaire; et, le soir, quand le débiteur rentrait,
la portière disait en regardant le locataire avec
émotion :

— M. Bernard est venu!... il n'est pas heureux, ce pauvre M. Bernard!!

La femme de ménage ajoutait :

— Mon Dieu! comme il est respectable, ce brave M. Bernard... Il est venu hier... il a dit qu'il serait bien content si monsieur pouvait penser à lui... et lui remettre la moindre des choses.

Quand le débiteur donnait une lettre au commissionnaire, celui-ci s'informait si elle était pour M. Bernard, et il disait :

— C'est la crème des braves hommes que ce père Bernard... Il est venu hier... il est vraiment bien à plaindre...

Le pauvre capitaliste est mort en laissant vingt-cinq mille livres de rente; mais, avant de rendre ses comptes au ciel, le père Bernard a eu l'adresse de régler les siens avec toute la terre; il avait appliqué aux recouvrements l'aphorisme du Fabuliste :

Plus fait douceur que violence.

CHAPITRE VI.

Ne pas payer.

Nous nous sommes imposé une règle d'inviolable neutralité dans la grande lutte entre le créancier et le débiteur. Ce petit livre passera à la banlieue la plus lointaine, comme un témoignage de l'impartialité surhumaine avec laquelle nous avons tenu la balance.

Nous sommes à la fois le glaive et le bouclier ; comme les maîtres en fait d'armes, nous donnons en même temps la théorie de l'attaque et de la parade : l'applique qui voudra.

Après avoir initié le créancier à la manœuvre du recouvrement, nous devons donc instruire le débiteur aux évolutions qui sont propres à son espèce.

Nous marchons sur un sol glissant. Notre pauvre livre est menacé par les foudres des créanciers radicaux. Comment! vont-ils s'écrier, vous allez donner à ceux qui ne les connaissent pas les moyens de ne pas nous payer. Vous passez avec nos ennemis naturels. La position est critique, nous allons la tourner en confiant l'attaque à un autre. Pour entrer en matière, nous empruntons quelques lignes à un spirituel écrivain qui nous a précédé dans la carrière. Notre responsabilité est à couvert.

La perfection de l'art chez certains débiteurs consiste à faire faire au créancier le plus de chemin possible, dit M. Imbert dans l'*Art de promener ses Créanciers.*

Un créancier est promené autant qu'il peut l'être lorsqu'on est parvenu à lui faire faire le tour du globe, sept mille lieues environ. Après un pareil trajet, sa créance est amenée à un état d'atonie qui équivaut à une quittance complète. Il a cessé d'être créancier; vous l'avez entièrement désintéressé, et vous pouvez le rencontrer dans un salon sans le reconnaître, sans même le saluer. Le sentiment des courses que vous lui avez fait faire, des tracas, des insomnies que vous lui avez causés, le détermine à passer d'un côté dès qu'il vous aperçoit de l'autre. Ce n'est plus vous qui tentez de vous esquiver, c'est lui qui cherche à fuir. Votre art et votre persévérance en ont presque fait votre débiteur; il payerait pour que vous ne lui dussiez rien.

Donc une créance perd en valeur et un créancier s'atténue en courage à mesure que l'une et l'autre parcourent plus de chemin, ou qu'il s'écoule plus de temps entre le moment présent et l'origine de la dette. Il en résulte qu'on peut également mesurer la force ou le plus ou moins de validité d'une créance par le chemin fait ou par le temps écoulé. Un troisième terme de comparaison a été fourni par un célèbre économiste, qui a calculé qu'une paire de bons souliers représentait trois cents lieues, c'est-à-dire le vingt quatrième du globe environ.

De ces données, on a tiré le tableau suivant, que tout débiteur doit savoir par cœur comme la table de Pythagore :

DEGRÉS DE PATIENCE d'un créancier ordinaire.	ESPACE à lui faire parcourir pour le lasser.	PAIRES de souliers qu'il usera.	ESTIMATION DE L'ESPACE PARCOURU	
			par le globe terrestre.	par le temps.
1er degré de patience.	300 lieues.	1 paire.	Le 24e du globe.	1 an.
2e —	875 —	2 —	Le 8e —	3 ans.
3e —	1750 —	4 —	Le 1/4 —	5 ans.
4e —	2233 —	8 —	Le 1/3 —	6 ans.
5e —	3500 —	12 —	La 1/2 —	10 ans.
6e —	7000 —	24 —	Le tour du globe,	20 ans.

Ainsi vous pouvez dire indifféremment : — Mes créanciers ont fait trois cents lieues ; ou bien : ont usé une paire de souliers ; ou bien : ont parcouru le vingt-quatrième du globe ; ou encore : ont attendu un an.

Il ne faut pas se mêler d'avoir des dettes si l'on n'est pas en état de faire faire le vingt-quatrième du globe à son créancier.

Mais une considération qui doit surtout encourager le débiteur, c'est que cette première année est la plus rude. Il est bien plus difficile d'obliger un créancier à filer les trois cents premières lieues que les six mille sept cents autres. C'est la première paire de souliers qui coûte, parce que, dans les moments voisins de l'origine de la créance, votre persécuteur a toute son énergie et n'a rien perdu de ses espérances.

Maintenant, le premier coup de feu est fait, continuons, sans l'alliance de la citation et de l'emprunt.

Les vieux troupiers disent que la mitraille respecte les braves ; ce fait peut être applicable aussi aux combattants sur le terrain de la dette. Disons au conscrit :

— Jeune homme, ne fuyez jamais, à moins que la grosse artillerie de la procédure ne fasse des feux trop meurtriers et que l'obus de la centrainte ne soit directement sur votre tête.

Dès les premières escarmouches, si vous battez en retraite, l'ennemi avancera sur vous; si vous avancez, il résistera, quelquefois même il reculera...

L'importunité du créancier est devenue presque proverbiale : battez cet axiome en brèche, faites que ce soit le débiteur qui importune le créancier... et vous verrez l'effet... Opérez comme je vais dire.

Suivez votre créancier à la piste, comme il devrait vous suivre s'il faisait son métier.

Si votre créancier prend sa demi-tasse au café voisin, entrez en même temps que lui, et entretenez-le longuement de votre désir de le payer prochainement...

— Permettez que je prenne ma demi-tasse...

Si le créancier lit sa *Gazette des Tribunaux*, tâchez de saisir le moment où il tombe sur une belle affaire capitale.... Arrivez, et parlez de votre désir de payer prochainement....

— C'est bien, c'est bien, jeune homme, dira le créancier.

Quand le créancier fait sa partie à quatre *aux dominos*, courez sus.... avec la formule ordinaire.... le premier mouvement d'impatience se manifestera.

Si vous rencontrez au quai aux Fleurs le créancier qui marchande un pot de réséda ou un géranium en concurrence avec un autre

amateur, courez à lui ; vous le tirez par le pan
de sa redingote :

— Monsieur Duroc... bonjour... je pense à
notre petite affaire....

Mouvement d'impatience de M. Duroc, qui
commence à éprouver déjà le désir de vous
rencontrer moins fréquemment.

Redoublez, frappez le grand coup...

A cinq heures du matin en été, à sept en hiver, quittez votre édredon, transportez-vous au domicile de votre créancier, et sonnez comme on a le droit de sonner chez un débiteur.

On ne répond pas... récriez-vous... les voisins sortent... murmurez entre vos dents... frappez du pied en vous retirant, et développez tous les symptômes de la mauvaise humeur.

Quand M. Duroc ouvrira sa porte, tous les voisins le regarderont malicieusement :

— Il est venu quelqu'un vous demander, monsieur Duroc.

— Ah!

— Il n'avait pas l'air content... il a carillonné... il a mis sa carte de visite dans la serrure... On se dit tout bas : — Il paraît que M. Duroc a des dettes.

M. Duroc voit le mauvais effet de la visite matinale de son débiteur, et descend rapidement donner le signalement du réveil-matin au concierge, et lui dit : — Je vous défends à l'avenir de laisser monter ce monsieur chez moi.

Si vous savez votre créancier en bonne fortune, c'en est une pour vous. Est-il en tête-à-tête à la Tourelle Saint-Mandé, ou dans un cabinet particulier de la Tête-Noire de Saint-Cloud... saisissez le moment où il entr'ouvre la porte et crie :

— Garçon ! beignets pour deux, — alors paraissez, au risque de vous faire couper en deux par la porte, et dites :

— Monsieur Duroc... soyez tranquille... je pense à notre petite affaire.

Oh! pour le coup la malédiction de votre créancier ne peut vous échapper.

Vous serez sa bête noire, son ange terrible; il n'y aura plus de paradis terrestre pour lui; il vous appréhendera à chaque instant de ses joies, et, si le respect humain ne le retenait, il vous enverrait franc de port son acquit; mais du moins s'il conserve votre titre, vous pouvez être sûr qu'il ne s'en servira pas pour vous *poursuivre*.

J'ai vu quelquefois tirer un très-bon parti du créancier. Voici comment procédait le débiteur, que le défaut d'espèces privait depuis quelque temps du plaisir de la correspondance portée à domicile.

Le créancier arrivait le matin à l'aube naissante.

Le dialogue suivant s'engageait immédiatement:

— Mon pauvre monsieur Duroc (même nom que ci-dessus), je suis vraiment désespéré de n'avoir pas d'argent à vous donner.

M. Duroc baissait la tête.

— Cependant, continuait le créancier, j'ai

un espoir : je viens d'écrire huit lettres à des
amis ou à des amies... et si vous voulez porter
mes lettres, discrètement, sans insister près de
ceux qui seront sourds à mon appel... nous
partagerons.

M. Duroc souriait, emportait les lettres dans
lesquelles il n'était nullement question de demande d'argent ; il arpentait tout Paris, pre-
nait des omnibus à ses frais... et il revenait...
les mains vides.

— Nous n'avons pas été heureux aujourd'hui, disait le débiteur ; nous recommencerons demain.

Et le lendemain le créancier se mettait de nouveau en route et faisait l'office de groom.

Cet exercice dura plus d'un mois.

Quelquefois le débiteur, pour stimuler le zèle du créancier, feignit de croire qu'il éludait les courses.

— Monsieur Duroc, je crois que vous trahissez vos propres intérêts en restant chez vous au lieu de porter les missives.

— Ah ! monsieur, vous doutez de moi ?...

Et le débiteur faisait des excuses, et les courses recommençaient de nouveau. Ce fut le débiteur et non le créancier qui se lassa.

La victoire du débiteur sur le créancier dépend quelquefois d'un mot magnétique, d'une allocution instantanée à laquelle il n'y a pas de réplique possible. Lorsqu'un créancier demanda en public à feu Telleyrand :

— Quand me paierez-vous ?

Et que celui-ci répondit :

— Vous êtes bien curieux !

le créancier n'eut rien de mieux à faire que de prendre honteusement la fuite.

C'est ce qui dut arriver encore au restaurateur de Clichy, quand celui-ci, cherchant à attendrir son débiteur, notre spirituel ami H..., il lui dit :

— Je n'ai pas un sou dans mon comptoir.

— Comment, dit H..., vous avez sollicité le privilége de vendre des comestibles à cent cinquante bouches captives très-affamées, et vous osez avouer que vous n'avez pas le sou ?... mais vous avez donc abusé de la bonne foi de M. le préfet !... vous êtes donc un malhonnête homme !... Retirez-vous, et que personne n'entende ce triste aveu !

Que vouliez-vous que répliquât cet autre créancier qui disait à son débiteur, le même que ci-dessus :

— Je ne vous demanderais pas d'argent si vous aviez de la famille et des enfants à nourrir.

Et auquel le débiteur répondit :

— Alors, monsieur, laissez-moi tranquille, car j'ai pour enfants mes vices, et je vous prie de croire qu'ils sont plus exigeants et plus difficiles à contenter que tous les enfants du monde...

CHAPITRE VII.

Les femmes débiteurs et créanciers.

e n'est pas moi qui viendrai contredire ce que MM. Demoustier, Bouilly, Dupaty, Scribe, et autres, ont rimé, chanté et imprimé touchant la plus belle moitié du genre humain. Je le répète avec ces messieurs : la femme est une rose, une violette, un jasmin, un œillet; elle est surtout un tournesol et un volubilis; le règne entier des fleurs s'épanouit sur son visage; c'est un parterre complet.

Mais ces aimables poètes ont examiné la femme telle que l'a faite la nature et non telle que l'ont contrefaite les affaires.

Dans une femme d'affaires, il y a deux êtres bien distincts : la femme-débiteur et la femme-créancier, c'est-à-dire la femme-chatte et la femme-tigre.

Dieu vous préserve de l'une et de l'autre !

Lorsque votre mauvaise étoile veut qu'une femme vous doive de l'argent, si vous tenez à ce que votre argent vous rentre, oh ! alors préparez-vous à une lutte perpétuelle : lutte du fort contre plus fort que lui ; lutte de la fermeté contre la ruse, d'une grosse voix contre une voix douce, d'un visage sévère contre un visage souriant, de gros yeux bien méchants contre de grands yeux suppliants et doux.

Et vous croyez pouvoir résister ? Mais vos forces viendront se briser là-contre, comme un boulet de canon contre un rempart de matelas.

Tentez donc l'assaut, et arrivez chez votre débitrice : d'abord elle fera défendre sa porte ; une femme ne reçoit pas ainsi sans y être préparée, et surtout un créancier. Vous serez obligé de lui demander un rendez-vous, et, pauvre homme désarmé, vous vous présenterez contre un ennemi armé de toutes pièces. On vous recevra comme un ange, comme on reçoit quelquefois un amant ; on vous offrira le meilleur siége et la meilleure place au feu ; on toussera légèrement, on aura mal à la tête... Voyez-vous déjà votre grande colère qui est tombée à moitié ?... Vous vouliez parler bien

haut, vous parlez à mi-voix ; vous vouliez demander l'acquit d'une dette, vous réclamez un
service... vous aviez accordé un mois de délai,
une mèche de cheveux change de place, et
vous attendrez deux mois... un cordon que
l'on dénoue vous coûtera un mois de plus... un
fichu que l'on rejette en arrière vous fera pa-
tienter tout un semestre... toute une éternité.

Vous changez de rôle : au lieu d'avoir une femme-débiteur, vous avez une femme-créancier... oh! alors!... alors!...

Après le choléra et l'accordéon, je ne connais rien de plus affreux que la femme-créancier.

Le reflet du vil métal a bronzé sa peau, que l'appât du gain et la peur de perdre ont sillonnée de rides précoces ; ses lèvres minces ressemblent à deux pains à cacheter superposés ; son nez long et pointu est aplati sur les côtés, et les soucis ont fait élection de domicile sur son front plissé. Rien n'est femme chez cette femme. La coquetterie, cette seconde nature, n'a pas la moindre prise sur elle : elle porte les modes d'il y a dix ans ; ses chaussures sont phénoménales, ses chapeaux terribles et ses robes problématiques. Ne soyez pas poli avec elle, elle ne s'en apercevrait pas ; ne lui adressez pas un compliment, elle ne l'entendrait pas ; elle ne voit en vous que l'argent que vous représentez à ses yeux ; vous êtes pour elle un billet de banque, deux, trois billets de banque : hors de là, pour elle, il n'y a rien.

Un homme-créancier est exigeant, quelquefois même dur et inhumain, la femme-créancier est féroce ; cette douce pitié que Dieu a

placée au cœur de la femme, comme un rayon de sa divinité , elle en est complétement déshéritée.

C'est une femme-créancier qui un jour se leva de sa stalle , au théâtre du Vaudeville , et apostropha en ces termes un acteur enrhumé :

—Au lieu de tousser, vous feriez bien mieux de me payer les trois douzaines de gants que vous me devez !

Vous entendez les gémissements de la femme-créancier du bas de l'escalier; il n'est pas jusqu'à votre sonnette, qui, agitée par elle, ne rende un son qui ressemble à un glas funèbre. Elle se présente avec un mouchoir à la main, dont elle essuie constamment ses yeux constamment secs... chaque syllabe qu'elle traîne est une note plaintive... — Je n'ai pas dîné hier, vous dit-elle... ma blanchisseuse me garde mon linge pour six francs que je lui dois... tous mes pauvres effets sont en gage... le propriétaire va retenir mes meubles si je ne lui donne pas d'argent le 15... Elle finit par vous demander cent sous sur ce que vous lui devez... elle descend jusqu'à trois francs, jusqu'à vingt sous, et, si vous la refusez, elle vous priera au moins de lui donner six sous pour prendre un omnibus.

Depuis Dufréni, qui acquitta par le mariage le mémoire de sa blanchisseuse, on a vu quelques affaires contentieuses réglées à l'amiable avec des femmes-créanciers. Un homme de lettres, très connu de Paris, fut enfermé il y a quelques années à Clichy à la requête d'une femme d'affaires très-riche. Il imagina d'écrire en vers à son incarcératrice. Après avoir humblement demandé pardon de sa conduite, — Apollon n'est pas fier, — il terminait ainsi :

J'en conviens sans honte et sans crainte,
Avec vous j'eus de bien grands torts,
Mais fallait-il une contrainte
Pour vous donner prise de corps?

La femme-créancier prit l'allusion poétique au sérieux, et bientôt M. le maire du deuxième arrondissement prononça contre le débiteur une prise de corps à vie.

CHAPITRE VIII.

L'huissier.

'huissier est le maî-
tre-limier de la chasse
à courre du débiteur,
c'est lui qui lance et
fait l'attaque : il aime
la curée, et cepen-
dant il se garde bien
d'abattre le gibier à la
première attaque ; il
se complaît dans les morsures qu'il multiplie...
il procède par épuisement.

Il existe à Paris cent cinquante individus pa-
tentés qui ont le droit :

De crocheter les serrures des douze arron-
dissements ;

De prendre le paletot de tout citoyen indigène ou exotique ;

De décrocher les baromètres ;

D'emporter les gilets de flanelle ;

De montrer aux flâneurs de la place du Châtelet, les cicatrices des tuniques de lin appelées vulgairement chemises de calicot.

Dans notre ville si rieuse il y a chaque matin deux cents individus à qui l'huissier vient dire, comme le Christ au Lazare :

« Lève-toi ; »

Et il ajoute :

« Afin que j'exporte ton acajou. »

En style judiciaire on nomme cela instrumenter.

Depuis quelques années on a reconnu que, lorsque l'huissier instrumentait, c'était bien souvent le créancier qui payait les violons.

Quand le créancier vient dire à l'huissier :

— J'éprouve le besoin de me faire payer par mon débiteur ;

L'huissier répond :

— Nous vous ferons payer.

— Je veux mettre mon débiteur sur la paille.

L'officier judiciaire dit :

— Nous mettrons votre homme sur la paille.

— Je veux lui vendre jusqu'à sa dernière bretelle.

—On peut la lui vendre, dit l'officier judiciaire.

— Le traîner dans les cachots.

— On le traînera dans les cachots.

— Je veux qu'il y meurre !

— Il y mourra...

Mais, quand l'officier a tenu sa promesse, il envoie au créancier le bulletin de la brillante campagne qu'il a faite, et il réclame sept à huit cents francs pour les frais de la guerre. Le créancier saute comme un chevreau.

— Mais les meubles du débiteur... dit-il, n'ont-ils donc rien produit à la vente?

— Les meubles?... est-ce qu'il y a des meubles aujourd'hui? On fait les édredons en fougère, les bronzes en carton-pierre, l'argenterie en fer creux... le tout à l'épreuve de l'enchère....

— Ah....

— Mais la liberté vaut bien quelque chose. Cet homme la rachètera...

— Jamais ! il dit qu'il ne l'estime pas plus de cinquante centimes.

— Bah...

— Et il faut, au contraire. que nous lui comptions, en bons deniers, une somme annuelle de 365 fr. pour payer sa pension de captif... ce qui fait. pour cinq ans, un total de 1,825 fr., non compris 800 liv. de frais et dépens.

— Merci, officier judiciaire.

C'est un préjugé qui sera long à déraciner que la croyance au remboursement par le moyen d'huissier. Cependant chaque jour cette superstition perd un peu de sa force.

L'huissier lui-même commence à comprendre

l'insuffisance des moyens mis entre ses mains. Aujourd'hui, l'huissier n'est plus un agent d'exécution ; c'est un receveur de rentes, un conciliateur amical : l'huissier est dandy ; il vous remet sa carte dorée, il vous fait prier par lettre de *passer à* son *étude pour affaire qui vous concerne.*

Il y a des huissiers philantropes qui laissent des sacs d'écus chez ceux qu'ils vont saisir. Il y en a d'autres qui, obligés de suivre les errements consacrés par leurs devanciers, convient le débiteur à un déjeuner d'apparat. En levant son assiette, celui-ci trouve sous son croûton de pain tendre une dénonciation de protêt ; il lève sa seconde assiette, il rencontre un commandement de *payer dans les vingt-quatre heures* pour tout délai, et, sous la troisième assiette, la signification de contrainte apparaît avec tout son luxe de rédaction ; au dessert, on porte un toast à la liberté, et l'huissier glisse dans la main du convive un petit billet parfumé, dans lequel il lui donne le nom et le signalement du garde du commerce chargé de son arrestation. On ne peut pas faire la guerre plus chevaleresquement.

Il y a aujourd'hui un grand nombre d'huis-

siers qui n'exécuteraient pas une saisie avant
de l'avoir prévenue par une visite préalable...
S'ils se résignent à *faire légalement* le fou-
lard, c'est qu'ils ont encore les deux tiers de
leur charge à payer.

Vienne l'abolition de la vénalité des charges,
et le débiteur et l'huissier se tutoieront, ils
changeront de pipe ensemble.

CHAPITRE IX.

Le garnisaire.

Descendons d'un échelon dans la hiérarchie de la milice militante du recouvrement, nous rencontrons le garnisaire.

Le garnisaire est le Cerbère de la saisie mobilière; c'est le planton placé, par billet de logement judiciaire, chez le débiteur.

Il a droit au foyer, à la bougie et aux égards.

Le garnisaire a pour consigne de ne laisser emporter aucun objet encatalogué dans le procès-verbal de saisie.

Il ne permet au saisi, l'usage d'une tasse de porcelaine qu'après avoir préalablement reçu sa parole d'honneur, qu'il n'attentera pas à la propriété, en brisant une anse ou en écornant la soucoupe.

Les objets qui se détériorent par l'usage sont impitoyablement refusés. Ainsi le saisi n'a pas le droit de se désaltérer dans un flacon de bordeaux ou autre.

On lui refuse même son savon à barbe, attendu que, par immersion, le produit perdrait de sa quantité.

Au contraire, quand l'usage augmente la valeur de l'effet mobilier, le susdit usage est toléré et même encouragé.

Par exemple :

Un saisi a le droit de jouer du violon tant qu'il veut, à la condition de remplacer les cordes brisées et de ne pas manger la colophane.

Il a le privilége de continuer à culotter sa pipe ; une pipe culottée gagne une plus-value d'un cent vingt-quatrième sur son prix primitif.

Il est avec le garnisaire des accommodements.

Si on l'a vu pousser la sévérité jusqu'à interdire au saisi de faire la sieste sur un divan, sous prétexte du tort matériel que cela fait au gage ;

Si on l'a vu refuser une prise de tabac soustraite à la tabatière saisie, quelquefois ce terrible argus s'est adouci et il a compris, tout en acceptant la garde du domicile, que la loi ne défend pas de masquer sous une forme poétique ce que cette magistrature a de cruellement prosaïque.

Ainsi nous avons vu un garnisaire accepter la livrée d'un jeune dandy, et assister, la serviette sous le bras, à un repas importé avec tous ses accessoires du café Anglais au domicile en interdit.

Nous avons vu ce même garnisaire, renouvelant les mesures de prévoyance de l'huissier *Jovial*, permettre au débiteur de se rouler dans les vastes plis d'une robe de chambre promise aux enchères publiques ; mais à condition que le propriétaire du vêtement ne reconduirait pas ses amis et ses visiteurs au delà du palier.

La vie du garnisaire en exercice est une insomnie continue : si Argus succombe à la fatigue d'une faction infiniment prolongée, le cauchemar s'assied sur sa poitrine, et soudain il voit les secrétaires lui échapper, les fauteuils fuir par les fenêtres comme des dragons ailés, les bronzes bondir en air libre, comme s'ils étaient en caoutchouc. Il faut dire aussi que quelquefois la réalité a outrepassé tout ce que le songe peut offrir d'ingénieux en matière de déménagement illicite : on a vu des débiteurs faire un autodafé de leur mobilier par une belle nuit d'hiver, et ne laisser à l'huissier qu'un monceau de cendres sur lequel on implantait cette inscription :

Du plus bel acajou voilà ce qui me reste !

6

Quelquefois même il est arrivé qu'au milieu de l'embrasement le garnisaire s'est réveillé en sursaut,

Dans le simple appareil
D'un recors que l'on vient d'arracher au sommeil!

CHAPITRE X.

Le garde du commerce.

e garde du commerce est l'exécuteur des hautes-œuvres de la juridiction commerciale. Tout homme convaincu du crime de lèse-paiement ou de complicité dans une signature non soldée, est justiciable du bras du garde du commerce.

Le garde du commerce arrête tout le monde, et rien ne l'arrête si ce n'est la lune ou, pour parler plus judiciairement, le soleil couché.

Le Code a voulu que le débiteur eût quelque ressemblance avec la Divinité ; il a ordonné que le débiteur, après avoir travaillé six jours à éviter le garde du commerce, se reposât le septième.

Le dimanche, toute arrestation est prohibée :

il y a suspension d'armes, armistice, et, le lendemain, quand le coq gaulois chante, les hostilités reprennent, la lutte recommence, et la victoire reste au plus agile ou au plus rusé.

Le garde du commerce est le Protée du protêt quand il dégénère en prise de corps; il n'y a pas de transformation qu'il ne subisse ou ne fasse adopter à messieurs ses auxiliaires, connus jadis sous le nom de recors, et qui aujourd'hui se donnent la dénomination de *praticiens*.

Un de nos plus féconds romanciers (style d'annonces) avait depuis quelque temps jugé à propos de vivre dans la retraite la plus inviolable ; sous aucun prétexte et sous aucun nom, on ne pouvait s'introduire dans son huis-clos. Il avait coutume de dire le soir à sa concierge :

— Madame Bernard, je n'y suis que pour ceux qui m'apporteront de l'argent.

Et madame Bernard, qui était spirituelle comme un vaudevilliste de seconde classe, répondait ironiquement :

— Autant dire que monsieur n'y est pour personne.

Un matin, madame Bernard est réveillée par le son métallique d'une lourde sacoche qu'un garçon de la Banque laisse tomber sur sa table de merisier.

Le nom du romancier est prononcé:

— Vous venez pour un effet? dit madame Bernard ; désolée, mon cher, mais monsieur est parti depuis un mois pour l'*Ecorce*, où il va faire des romans comme M. *Voltaire* Scott.

— C'est fâcheux !

— Pour vous...

— Non, pour lui; j'avais cinq cents francs à lui remettre en main propre.

— Sacristi.! dit madame Bernard... puis elle réfléchit... Mais attendez donc... peut-être que monsieur est chez lui... Oui, je me rappelle... il est revenu hier... il avait oublié son mouchoir... Donnez-vous la peine de monter.

Or, le garçon de banque n'était autre qu'un garde du commerce, et le romancier alla pren-

dre ses points de vue d'Écosse à Clichy sous l'escorte des archers.

Débiteurs-Lovelaces, méfiez-vous aussi de certains petits billets anonymes formulés ainsi :

« Une dame, qui dira son nom quand on
» aura mérité de l'apprendre, se promènera
» samedi au Jardin-des-Plantes (ou au cime-
» tière de l'Est), près de... (si c'est au Père-La-
» chaise, le rendez-vous est au tombeau d'Hé-
» loïse ; si c'est au Jardin-du-Roi, le point de
» rencontre est en face la *loge du tigre*). M***
» reconnaîtra la personne qui lui écrit à une
» ombrelle à manche d'ivoire qu'elle tiendra
» à la main gauche. »

Inutile de dire qu'à l'arrivée, le garde du commerce se présente avec un *bâton d'ivoire à la main ;* c'est l'attribut du constable commercial.

Le garde du commerce a une prédilection marquée pour le costume de facteur de diligence. Le débiteur doit craindre les envois de gibier ; le lapin départemental a fait mettre plus d'un étourneau en cage. Quand une bourriche porte sur la suscription :

A M... (à lui-même),

Le parti le plus sage est de la refuser en niant sa propre identité.

A un bal du Ranelagh, un jeune homme ob-
tient un doux regard d'une jeune dame ; un
rendez-vous est accordé. Le lendemain on se
trouve sur le boulevard qui joint la Bastille à
l'île Louvier... le soleil darde encore sur les til-
leuls la pourpre de ses derniers rayons...

Le cœur du jeune homme bat d'ivresse...

Une voix terrible se fait entendre :

— Monsieur, savez-vous quelle est madame ? c'est mon épouse !

— Je vous dois une réparation, monsieur... avez-vous des témoins ?

— Toujours... monsieur, dit la grosse voix.

— Un fiacre ?

—Jamais je ne vais sans cela, répond de nouveau la voix de stentor.

— Marchons !...

— Où allez-vous, messieurs ? dit le cocher de la citadine.

— Au bois de Vincennes, répond le jeune homme.

— Non pas, dit la grosse voix, rue de Clichy, 68.

—Comment, monsieur, vous étiez...

— Oui, jeune homme, et mon épouse est une sirène, non fabuleuse ; je lui fais une remise sur ses prises. Elle vous a pincé...

Un garde du commerce qui trouve les factions fatigantes, a découvert un moyen fort ingénieux d'épier sa proie. Il demeure sur le boulevard, et, dans son salon, il a fait monter une table périscopique, ou chambre noire, sur laquelle viennent se projeter en raccourci les ombres des passants.

Le papa, la maman et la jeune fille veillent tour à tour comme les vigies des télégraphes. Quand on signale un débiteur, on crie alerte au planton de garde, qui le file (comme disent ces messieurs) ; un des membres de la famille suit à la fenêtre, avec un télescope, le mouvement de la manœuvre.

On peut diviser la classe des gardes du commerce en deux catégories.

La première est celle du garde du commerce *mobile*, ou agissant.

La seconde catégorie est celle du garde du commerce *immobile*, ou sédentaire.

Le garde du commerce de la première catégorie est railleur, tapageur, pourfendeur ; son buste est à l'épreuve des contusions ; il parle de la capture d'un débiteur comme d'une chasse aux Bédouins ; il fait un couvre-pieds à sa femme avec les pans des redingotes qu'il a déchirées aux débiteurs ; si le mari de sa fille est naturaraliste, il lui complète sa dot avec des cheveux de libraire, des chapeaux de fils de famille, des cannes de romanciers, des dents de ténor qu'il a conquis sur le champ de bataille du par corps. Ce sont là ses dépouilles opimes, ses trophées de famille.

Nous avons dit que cette classe de gardes du commerce était de nature joviale ;

Preuve :

Un gants-jaunes était un jour en contemplation devant les affiches des théâtres ; il hésitait dans le choix d'un spectacle, et se livrait à haute voix au monologue suivant :

— Opéra : *Continuation des débuts de M. Placide Poultier*... Tiens... le tonnelier de Rouen... ce garçon m'intéresse... les futailles nous font perdre tant de belles voix, qu'elles devaient en compensation nous en envoyer une magnifique... irai-je à l'Opéra?...

Opéra - Comique : *Richard Cœur - de-Lion*... Ce diable de Masset joue du violon dans la pièce, c'est fort curieux... irai-je à Feydeau?... ou bien tout bonnement aux Folies-Dramatiques... (*Moment de silence.*)

Je ne sais vraiment où j'irai.

Un monsieur s'approche fort gracieusement, et, prenant le bras au discoureur, dit :

— Parbleu, monsieur, je le sais bien, moi, où vous irez...

Nous laissons à l'intelligence du lecteur l'explication de l'énigme; un garde du commerce, car le gracieux arrivant en était un, a peu l'habitude de conduire ailleurs qu'à la bastille pour dettes.

La seconde catégorie des gardes du commerce, celle des *immobiles* ou sédentaires, est une magistrature de fauteuil, un héritage de rentier. S'il y a des gardes du commerce qui appréhendent au corps quatre débiteurs par jour, il y a un ou deux membres de cette corporation qui dans l'espace d'un an ne mettent pas la main sur le collet de trois paletots.

Les règlements qui régissent cette compagnie

fraternelle imposent à chaque membre le partage de ses profits avec ses collègues. Ce partage forme le fonds de ce qu'on nomme la caisse commune ; un tiers seulement du boni rétribue chaque capture et est attribué à l'auteur de chaque coup de main qui porte un homme sous les verrous.

Ainsi le garde du commerce pacifique peut se reposer sur l'esprit belliqueux de ses collègues ; si sa part n'est pas la plus forte, elle est la plus facile à conquérir. Cependant il surgira peut-être un jour une grande difficulté : s'il s'élève une génération nouvelle de gardes du commerce, et que chacun veuille s'inscrire dans la catégorie des immobiles, il faudra que les débiteurs se résignent à s'arrêter eux-mêmes.

Nous aurions pu donner ici le portrait fidèle des sept officiers-gardes du commerce résidant à Paris. C'eût été servir les débiteurs ; mais notre règle d'impartialité nous eût imposé l'obligation de mettre en regard les portraits de tous les débiteurs, afin de servir à leur tour messieurs les gardes du commerce. Nous renvoyons ce beau travail à une prochaine édition.

CHAPITRE XI.

Clichy.

De nos jours, les vieilles choses ont pris de nouveaux noms, et elles se sont perpétuées à l'aide de ce subterfuge.

La révolution a déchiré la lettre de cachet, mais elle a inventé la lettre de change, et, à l'abri de ce petit papier de forme oblongue, illustré d'un timbre royal, l'humanité a satisfait ses grandes et petites passions.

De nos jours, le père de Mirabeau aurait acheté pour quelques pièces d'or la signature de son fils, et les *Lettres à Sophie* auraient été écrites sur les murs neufs de Clichy et non sur les vieilles portes du donjon de Vincennes.

Madame de Pompadour aurait fait prêter mille écus à l'ambitieux Latude, et, quarante jours après l'échéance, les porte-clefs de la prison pour dettes auraient veillé sur le pensionnaire qui a ajouté à la célébrité des caveaux de la Bastille.

Aujourd'hui il n'y a plus que les rentiers du Marais qui croient encore que la prison de Clichy soit un lazaret de commerçants. L'huissier préposé à la police du tribunal de la Bourse, sous le costume et avec les insignes burlesques de tambour-major, ferait à cet égard de curieuses révélations. Voici ce qu'il raconterait :

Un chansonnier accepte une somme de cinq cents francs à rendre dans trois mois : il ne paie pas, il va plaider en couplets au tribunal précité, et le tribunal dit à l'unanimité :

« Chansonnier, vous êtes négociant. »

Voilà donc le chansonnier sous clefs..... comme Béranger. Il suspend sa lyre aux barreaux de Clichy ; puis un matin il a une inspiration : Ah ! je suis négociant, eh bien je vais profiter du bénéfice que la loi concède au négociant ; je vais dresser mon petit bilan, j'y porterai tous les billets d'éditeur qui n'ont pas été payés à échéance, j'y porterai en passif tous les emprunts de Lorettes auxquels j'ai souscrit et dont j'attends encore le remboursement... Enfin, puisqu'ils veulent que je sois commerçant, je vais faire ma petite faillite.

Le poète se présente au tribunal en la personne de l'avocat bâtard qu'on nomme agréé.

Le tribunal répond à l'unanimité :

« Chansonnier, vous n'êtes pas négociant. Continuez à suspendre votre luth aux barreaux de la geôle. »

— Mais, réplique le chansonnier, vous me mettez dedans comme négociant, pourquoi ne suis-je plus négociant quand il s'agit de me mettre dehors ?

Le tribunal, après s'être consulté, tousse et répond :

— *Parce que.*

Il y a vingt ans qu'on demande aux consuls et à messieurs de la Chambre, une autre raison. L'*Almanach prophétique* ne dit pas si elle se fera long-temps attendre.

Il y a annuellement quinze avocats, vingt journalistes, quarante-cinq étudiants, dix professeurs de guitare, cinq sous-préfets et soixante-dix porteurs d'eau, à qui le même tribunal tient le même langage.

Le porteur d'eau est toujours en majorité à Clichy, c'est lui qui a le monopole du jeu de boule.

Les diplomates et les feuilletonnistes jouent au siam.

7

S'il y a peu ou pas de commerçants à Clichy, en revanche le spéculateur abonde.

Trois enfants de l'Auvergne s'associent et empruntent trois mille francs sur leurs trois signatures ; à l'échéance aucun ne paye ; les trois débiteurs tirent au sort , à qui s'offrira en holocauste au créancier ; la victime laisse croire qu'un héritage vient de lui tomber du Puy-de-Dôme ; le créancier s'irrite et la fait enfermer. Cinq ans de prison paieront la dette : l'Auvergnat se résigne et partage avec les camarades, qui, trois fois par semaine, viennent faire avec lui la partie de loto.

Un officier craint les fièvres d'Afrique, il confectionne une lettre de change , il se laisse prendre par les Kabayles du commerce , et plante sa tente sous l'arbre de Judée du jardin de Clichy.

Un artiste a lassé par sa paresse la confiance d'un éditeur de *Voyages pittoresques hors France*. Le marchand consent à acheter une œuvre au dessinateur, à condition qu'il le tiendra sous puissance de verrous , et que là il complétera les vues attendues par les souscripteurs. L'artiste accepte, et, du troisième étage de Clichy donnant sur Montmartre, il croque les Pyrénées et le Bosphore.

Une épouse trouve que la périodicité des gardes n'est pas assez rapprochée dans le service de la milice citoyenne, elle prie un banquier de prêter quelques sacs d'écus à son mari ; elle les dépense, et le chasseur ou le voltigeur va faire une campagne à Clichy.

Un fils prodigue aime la comédie à la folie, parce qu'il aime les comédiennes à la fureur ; le père de famille passe procuration de tutelle à un capitaliste qu'il commandite, et l'étourdi est mis aux arrêts jusqu'au jour d'absolution.

L'Américain Swan est resté vingt-cinq ans prisonnier pour dettes en France : le jour de sa levée d'écrou, l'air vif de la liberté l'a tué raide.

Depuis cette époque, le code s'est humanisé. Aujourd'hui un Anglais qui doit deux paletots à un tailleur français, ou quelques biftecks à un restaurateur indigène, ne subit que dix années de captivité. Notre belle patrie ne le cède en rien aux montagnards écossais, chez lesquels, dit M. Scribe,

> L'hospitalité se donne
> Et ne se vend jamais.

Si le Code est humain, en revanche il n'est guère galant. Par une singulière application de je ne sais quel texte, toutes les générations de préfets de police ont permis aux femmes de venir consoler le prisonnier pour dettes, dans sa cellule ; mais la mutualité est refusée aux dames captives ; la chaste administration des bastilles a posé une grille entre les joues de la femme captive et les lèvres du mari en liberté.

FRED'HOMME

Une captive pour dettes qui subit un emprisonnement de cinq ans, n'a droit qu'au baiser qu'on nomme aux jeux innocents *baiser à la capucine*. C'est l'application dans toute sa rigueur du confinement solitaire conjugal.

Une grande réforme s'est introduite dans le matériel de la prison moderne. Le guichet, porte basse, sous laquelle il fallait courber la tête, n'existe plus : maintenant un tambour-major entre en prison, sans avoir besoin d'abaisser son front d'un seul millimètre.

Il n'y a plus de gros chiens pour auxiliaires de la surveillance, les portes ne pleurent plus sur leurs gonds ; la clef monstre, symbole de servitude, est remplacée par une imperceptible clef à la Breguet : avant peu les serrures seront à musique et les verrous sonneront l'angélus.

On cite des créanciers qui, ennemis de la réforme, écrivent chaque semaine au préfet de police et réclament pour le débiteur des cellules coupées sur le patron des geôles du Spielberg ou des plombs de Venise.

Quand ces mêmes créanciers passent, par suite des chances de la vie, à la catégorie de débiteurs, ils demandent aux chambres qu'on fasse des jets d'eau dans la cour de la prison pour dettes, et qu'on assure à chaque prisonnier mille écus de rentes.

CHAPITRE XII.

Les maisons de santé.

es consuls..... c'est ainsi qu'on nomme, par je ne sais quelle burlesque analogie, les marchands de cannelle, d'indigo et de bonnets de coton, qui siégent place de la Bourse ; les consuls, disons-nous, viennent de livrer un débiteur aux licteurs, c'est-à-dire aux recors. La victime roule dans le fiacre sur la route de Clichy... Le créancier se frotte les mains , il se dit : « Voilà mon étourneau dans la cage ; l'ennui va le miner, il va sécher

Comme au vent du désert
Se flétrit une fleur,

et mes capitaux, imprudemment hasardés, vont immédiatement me rentrer. »

Un beau matin, en traversant la place de la Bourse, un fantôme, couvert d'une redingote vert-russe, apparaît au créancier : celui-ci pousse un cri de joie; il reconnaît le débiteur. Il a trois suppositions à faire ; mais, comme le créancier est pressé. il n'en fait que deux.

Il se dit :

« Ou mon débiteur a payé, et je vais aller au greffe chercher mes fonds ;

Ou le débiteur s'est évadé, comme feu Latude, et je vais faire payer sa dette par le directeur de la maison, éditeur responsable de la rupture du ban. »

Le créancier arrive à la maison pour dettes ; il demande à voir son gage, son nantissement, son corps mis en séquestre, son individu placé en transit.

On lui répond que le prisonnier ayant reçu la visite d'un médecin, celui-ci a déclaré que l'air des verrous était trop pesant pour l'estomac du consultant, qu'il avait besoin, pour se promener, de beaucoup d'espace, et, pour se refaire, de beaucoup de fricassées de poulets.

Le tribunal a jugé qu'il y avait lieu à extradition, et la jeune plante qui s'étiolait dans la serre un peu fétide de Clichy, a été transportée dans la zone tempérée d'une maison de santé, moyennant deux cent cinquante francs qu'elle s'engage à payer pour sa culture, ou plutôt pour sa nourriture.

Les trente francs du créancier passent aux courses de cabriolet qu'un prisonnier est toujours dans la nécessité de faire.

La première condition pour obtenir sa translation dans une maison de santé, c'est de ne pas être malade.

Aussi n'est-il pas rare de rencontrer sur la voie publique... un élégant en costume de chasse, qui vous aborde en vous disant :

— Tu sais le malheur qui m'est arrivé ? Je suis à Clichy.

— Ah...

— Il y a six mois que je gémis dans les fers... Adieu, je te quitte ; on m'attend pour une partie de chasse au Raincy.

La loi a laissé au créancier l'inspection sur le débiteur en maison de santé. Si celui-ci est pris en air trop libre, on le reporte à Clichy.

Aussi la partie de barres est-elle toujours engagée entre les deux adversaires.

Le créancier vient-il demander à voix basse son débiteur, on lui répond :

— Monsieur est au bain ; le médecin lui commande des ablutions de douze heures.

— Monsieur, je viens de rencontrer mon débiteur au Palais-Royal.

— Je n'en disconviens pas, monsieur, dit le maître de la maison de santé, qui est presque toujours une femme. Monsieur le président a autorisé la sortie, pour cause de traitement.... Votre débiteur est allé se faire opérer... un cor au pied.

Un créancier arrive un jour tout botté de Belgique.

— Madame, je vous somme de me montrer

mademoiselle J.... la marchande de modes que je tiens, ou plutôt que je dois tenir captive... Il y a trente heures, je l'ai vue danser un galop à Bruxelles.

— Vous êtes dans l'erreur, monsieur.

— Que mademoiselle J... paraisse.

Et mademoiselle J... qui effectivement était trente-six heures auparavant hors frontière, et qui venait de rentrer dans le cloître à l'aide d'une échelle de corde, parut et fit deux révé-

rences au voyageur étonné. Il crut qu'il avait rêvé, il fit ses excuses et se retira.

UN ASILE.

Dans les âges primitifs il existait des lieux sacrés où l'homme poursuivi pour quelque cause que ce fût, trouvait sûreté et protection.

Malheur à qui eût osé porter la main sur l'homme placé sous la sauvegarde de l'asile. Valérius Sextus parle d'un affranchi condamné à mort, et qui, pendant qu'on le conduisait au supplice, parvint à s'échapper et à gagner un lieu d'asile. Il s'y établit; ses amis, ses parents, venaient à tour de rôle, lui apporter tout ce qui était nécessaire à son existence, et il vécut ainsi plus de trente ans, heureux et joyeux de penser au bon tour qu'il avait joué à ses juges. Les asiles, comme on le voit, étaient une précieuse tolérance, à une époque où la commutation de peine n'était pas inventée.

Aujourd'hui que la civilisation gravite, l'humanité descend; les asiles n'existent plus. Il est vrai que le pauvre débiteur poursuivi pour dettes, ne peut être arrêté ni dans les églises ni dans les jardins royaux, que par la permission spéciale des curés et des gouverneurs, qui ne la donnent jamais. Mais on ne peut pas aller toute la journée admirer le gothique de Saint-Étienne-du-Mont ni le mondain de Notre-Dame-de-Lorette; on ne peut pas faire une sieste infiniment prolongée sous l'arbre de Cracovie ou une faction de seize heures devant le régulateur-canon du Palais-Royal : ce serait une façon de vivre quelque peu monotone ; ce serait toujours la prison, avec la fatigue de plus.

Mais ce que la société n'a pas fait pour les débiteurs, un homme, je devrais dire une Providence, je devrais dire un Dieu, s'est chargé de le faire. Cet homme, cette providence, ce Dieu, s'est rencontré — ô Azaïs — chez un ancien garde du commerce, qui a voulu racheter avec les débiteurs d'aujourd'hui, son âme perdue avec les débiteurs d'autrefois. Ce praticien, je puis dire maintenant cet honorable praticien, était le plus malin de la bande, et son nom, véritable onomatopée, avait contribué peut-être à son immense clientèle. Cet homme, dont le nom seul faisait venir la chair de poule aux débiteurs, se nommait Legrip. Les vaudevillistes n'auraient pas trouvé un nom plus heureux.

Je dis avec raison se nommait, car depuis

quelques années l'ex-officier judiciaire a changé son nom de guerre en un véritable nom d'opéra-comique.

Voilà donc ce que le praticien en retraite imagina.

Il ouvrit un hôtel garni sur une échelle mo-deste, accessible aux positions médiocres, et il se dit : Je ne manquerai jamais de clients ; car tous mes locataires qui me paieront bien, auront presque le droit de payer mal tous les autres. En d'autres termes mes anciens con-frères, qui tous me saluaient du titre de leur général, regarderont ma maison comme invio-lable ; ils passeront devant elle en se découvrant comme Napoléon, devant le tombeau de *Fré-déric de Prusse* et la maison de *Pierre-le-Grand*. Le locataire sera chez moi à l'abri de la contrainte ; il fumera en paix son cigare dans mon salon.

Il n'y avait pas là spéculation, il y avait philanthropie ; mais s'il y avait eu spéculation elle eût été fructueuse, car dans cet hôtel il faut faire retenir les logis à l'avance.

Il arrive quelquefois à l'ancien garde du commerce de réunir à dîner quelques-uns de ses ex-confrères. C'est alors un spectacle touchant de voir, à la même table le débiteur et celui qui est chargé de l'exécuter ; on se fait de part et d'autre de petites concessions. — Demain, dit le débiteur, j'ai un rendez-vous sur le boulevard des Italiens ; vous m'obligerez en ne passant pas par là de deux heures à cinq. — C'est entendu... de mon côté je vous prierai d'éviter, samedi prochain, la rue de Rivoli ,... j'y serai toute la journée, je file un Anglais. —Très bien ; j'irai au Tuileries par le faubourg Saint-Germain. Et l'on boit au maintien de l'armistice, on boit à l'amphitryon, on boit aux débiteurs malheureux qui n'ont pu être reçus dans l'asile.

Après le dîner on passe au salon où l'on joue le wisth ou la bouillotte. Parmi les tableaux qui ornent les murs, on remarque une gravure qui a été donnée à l'officier judiciaire quand il était en activité ; c'est un symbole expressif de son ex-profession : ce tableau représente *Josué arrêtant le soleil.*

CHAPITRE XIII.

Conclusion.

Laquelle des deux professions, celle de prêteur ou celle d'emprunteur, est la meilleure?

Si nous nous jetons hors de la voie de la règle générale, nous trouverons que la spéculation de l'emprunt est souvent profitable.

Par exemple, on cite un individu qui le matin va réveiller ses amis et leur dit : « Mon mobilier sera vendu à midi si vous ne me venez en aide. »

8

Ou bien : « Moreau (c'est le Napoléon des gardes du commerce) a reçu ma parole pour une heure ; je dois aller moi-même me plonger dans les fers, si je n'ai pas ma rançon. »

L'ami se dépouille de sa montre ; il envoie chercher Gobert de la rue Lepelletier, Gobert, le Rotschild des vieux habits, l'Aguado de la défroque, et il lui vend jusqu'à sa robe de chambre et son bonnet persan pour libérer son ami.

Le libéré remercie son sauveur... et court immédiatement placer ses fonds à la caisse d'épargne.

Parmi les prêteurs il en est aussi qui savent préserver la spéculation des chances hasardeuses.

Ils donnent mille francs à un fils de famille, et lui font reconnaître, par acte, que ce n'est pas un prêt, mais un dépôt.

Si le jeune homme ne paye pas à échéance, il n'est plus justiciable de la banquette du tribunal de commerce ; mais la sellette de la septième chambre correctionnelle le réclame.

Il y a des prêteurs qui vont plus loin ; mais pour agir il faut l'adhésion de l'emprunteur. Voici comment ils opèrent.

Un jeune homme reçoit cinq mille francs de

billets d'un prêteur, à la condition d'écrire la lettre suivante :

« Mon cher monsieur Roc , je suis le plus coupable des hommes ; le jeu (ou bien une actrice du boulevard) m'a tourné la tête... et, je n'ose vous le dire qu'en frémissant, j'ai contrefait votre signature... »

Le prêteur donne une contre-lettre ainsi conçue :

« Je déclare que M. Charles... ou Lucien, est le plus galant et plus honnête garçon du globe ; qu'il n'a jamais songé à contrefaire ma signature, et que la lettre qu'il m'a adressée n'a d'autre but que de me faire solder par son père.

» *Signé* ROC. »

En dehors de ces sortes d'affaires, le terrain de l'emprunt et du prêt est fort glissant ; il n'y a pas à Paris dix vieux usuriers riches : beaucoup, outre les sinistres du non-payement, ont laissé de gros profits sur les champs de bataille correctionnels.

A la prison pour dettes, il y a autant de prêteurs que de dissipateurs. Clichy est l'hôtel des Invalides de l'usure, aussi bien que le

Pénitentier des dissipateurs. Les extrêmes s'y touchent et trinquent ensemble.

Que conclure? quelle est la morale du chapitre? et du livre?

La voici :

Que ceux qui ont de l'argent le gardent, et que ceux qui n'en ont pas apprennent à s'en passer.

TABLE.

Publications d'Aubert et Cie, place de la Bourse, 29.

Livres illustrés.

Les Animaux peints par eux-mêmes, magnifique volume illustré par Grandville. — Les Fables de Florian, par le même artiste. — Les Femmes de Shakspeare, livre de luxe, orné de gravures anglaises. — Les Beautés de lord Byron, texte par Amédée Pichot, gravures anglaises du plus grand mérite. — Le Muséum parisien, texte par L. Huart, dessins par Gavarni, Daumier, Grandville et autres. — Les Fables de Florian, édition illustrée par Victor Adam. — Paris daguerréotypé, les rues de Paris avec texte explicatif et historique. — La Galerie de la Presse, de la Littérature et des Beaux-Arts, trois gros volumes : 147 portraits des artistes et gens de lettres en réputation. — Les Fastes de Versailles, texte par M. Fortoul, gravures anglaises et françaises. — Physiologies par MM. Balzac, — Delor, — L. Huart, — Lemoine, — H. Monnier, — Maurice Alhoy, — Marco Saint-Hilaire, — Ourliac, — Philipon, — James Rousseau, — F. Soulié et autres ; dessins de Daumier, — Gavarni, — Janet-Lange, — A. Menut et autres.

Les Cent-et-Un Robert-Macaire, texte par MM. Maurice Alhoy et Louis Huart, dessins par *Daumier*, sur les idées et légendes de *Ch. Philipon*, 2 beaux volumes, 101 dessins. Prix, 20 fr.

Le Musée pour rire, texte par MM. *C. Philipon, Louis Huart* et *Maurice Alhoy*; dessins de MM. *Gavarni, Grandville Daumier, Bouchot* et autres, 3 beaux volumes. Prix : 30 fr.

Estampes.

Estampes d'encadrement, — Estampes de genre, pour albums, etc., — Modèles de figures, de paysages, de fleurs, d'animaux, — Ornements anciens et modernes, — Costumes de théâtre et de travestissements, — Costumes civils et militaires, — Dessins pour les fabricants d'étoffes, d'impression sur toile et sur papier, de broderies, de tapis, etc., etc.

Caricatures.

La maison Aubert a fondé les journaux qui publient des

caricatures, les 99 centièmes de ce qui paraît en ce genre sont imprimés par elle; c'est dire qu'elle seule possède un assortissement bien complet des dessins comiques destinés à l'amusement.

ESTAMPES, — ALBUMS, — LIVRES ILLUSTRÉS, — CARICATURES, — RECUEILS POUR JETER SUR LES TABLES DE SALON, — MODÈLES DE DESSINS, — ORNEMENTS, — MOTIFS POUR LES DESSINATEURS DE FABRIQUE, etc., etc., etc.

ALBUMS DE POCHE. Sous le titre de *Miroir du Bureaucrate*, — *Miroir du Collégien*, — *Miroir du Calicot*, — *Miroir du Pique-Assiette*, etc., format des Physiologies et du prix infiniment modique de 50 cent.

FOLIES CARICATURALES, fort piquant album de salon, paraissant par livraisons remplies d'une myriade de folies grotesques. Prix de la livraison, 50 cent.

L'ALBUM CHAOS, ouvrage du même genre, dessiné à la plume et pouvant servir de modèle de croquis. La livraison, 50 cent.

HISTOIRES PLAISANTES DE MM. *Jabot*, — *Crépin*, — *Vieux-Bois*, — *Lajaunisse*, — *Lamélasse*, — *Vert-Pré*, — *Jobard*, — *Des deux vieilles Filles à marier*, — *et d'un Génie incompris*. — Prix de chaque album, 6 fr.

CHOIX IMMENSE D'OUVRAGES DE TOUS GENRES POUR CADEAUX D'ÉTRENNES, — SOUVENIRS DE VOYAGE, — LIVRES A GRAVURES, etc., etc.

Publications pour Enfants.

LA MORALE EN IMAGES, texte par MM. *l'abbé de Savigny*, — *Léon Guérin*, — *O. Fournier*, — *A. Auvial*, — *Michelant* et *madame Eugénie Foa*; — Dessins de MM. *Alophe*, — *Beaume*, — *Charlet*, — *Jules David*, — *Devéria*, — *Francis*, — *Johannot*, — *Janet-Lange*, — *Louis Lassalle*, — *Léon Noel*, — *C. Roqueplan*, — *E. Wattier*, et autres, publié sous la direction de M. *Ch. Philipon*. Livraisons de 25 cent., 40 livraisons forment un volume dont le prix sera porté à 12 fr. aussitôt qu'il sera complet.

LE PANTHÉON DE LA JEUNESSE, histoire des Enfants célèbres, 50 cent. la livraison. — LES SOIRÉES D'AUTOMNE, nouvelle morale en actions, 25 cent. la livraison. — LE VOCABULAIRE DES ENFANTS, — le LIVRE D'IMAGES, etc., etc.

ÉDITION BIJOU DE 1842.

FABLES

DE

LA FONTAINE,

ÉDITION ILLUSTRÉE

Par J. DAVID. T. JOHANNOT. V. ADAM. F. GRENIER et SCHAAL.

PRÉCÉDÉES

D'UNE NOTICE HISTORIQUE

PAR LE BARON WALCKENAER,

MEMBRE DE L'INSTITUT.

La charmante édition que nous offrons au public forme deux volumes petit in-8° anglais sur papier vélin glacé; elle est ornée de 600 vignettes dans le texte, de 24 grandes gravures tirées à part, d'un portrait de La Fontaine, et de deux frontispices en taille-douce.

PRIX : 10 FRANCS.

L'exécution typographique est confiée à la maison Béthune et Plon, et le papier est fourni par les fabriques du Marais et de Sainte-Marie.

ON SOUSCRIT A PARIS :

CHEZ AUBERT ET Cie, PLACE DE LA BOURSE.

J. HETZEL et PAULIN, rue de Seine, 33.

SCÈNES DE LA VIE PRIVÉE ET PUBLIQUE
DES ANIMAUX,
VIGNETTES PAR GRANDVILLE.

Études de Mœurs contemporaines publiées sous la direction de M P.-J. STAHL,

avec la collaboration
DE MM.
ALTAROCHE,
DE BALZAC,
L. BAUDE,
DE LA BÉDOLLIERRE
P. BERNARD,
TH. BURETTE,
BUSSIÈRES,
AD. DUMONT,
ÉD. LEMOINE,
J. JANIN,
JONCIÈRES,
L'HÉRITIER (de l'Ain),
LORENTZ,
ALF. DE MUSSET,
PAUL DE MUSSET,
OLD NICK,
CH. NODIER,
FÉLIX PYAT,
ROLLE,
GEORGE SAND,
L. VIARDOT.

Le prix de la Livraison est de 30 centimes.
Chaque Liv. contient 8 pag. de texte grand in-8° et 2 grandes grav. à part.
Dont une Scène et un Type représentant un Caractère humain.
LE TOME PREMIER EST EN VENTE.

AUBERT ET Cie, ÉDITEURS,

PLACE DE LA BOURSE.

PETITS
CONTES HISTORIQUES,

Par Madame Eugénie Foa,

DESSINS DE

MM. Bouchot et Janet-Lange.

❖

Six petits volumes contenant chacun l'histoire d'un enfant devenu célèbre ;

Ils ont pour titre :

JEANNE D'ARC OU LA PETITE PAYSANNE DE DOMRÉMY ;

BEETHOVEN OU LE PETIT MAITRE DE CHA-PELLE ;

CLAUDE LE LORRAIN OU LE PETIT PATISSIER ;

MARIE RABUTIN - CHANTAL OU LA PETITE MAMAN, etc.

PRIX DU VOLUME :

Broché, 5o c. — Cartonné, 75 c. et 1 fr.

HOMÈRE ILLUSTRÉ.

TRADUCTION NOUVELLE

entièrement conforme au texte grec,

Accompagnée de Notes, d'Explications et de Commentaires ;

PRÉCÉDÉE D'UNE VIE D'HOMÈRE

ET D'UNE

INTRODUCTION A L'ILIADE ET A L'ODYSSÉE,

PAR EUGÈNE BARESTE ;

Ornée de 300 vignettes dessinées sur bois,

ET COMPOSÉES D'APRÈS LES MONUMENTS GRECS

PAR A. DE LEMUD, T. DEVILLY ET A. TITEUX.

Les OEuvres d'Homère formeront deux magnifiques volumes in-8°, imprimés sur papier superfin d'Essone, ornés de 300 vignettes gravées sur bois et intercalées dans le texte, et de 24 sujets tirés à part.

EN VENTE :

L'ODYSSÉE,

Un magnifique volume in-8°, orné de 150 vignettes, et de 12 sujets tirés à part.

Prix : broché, 10 fr. ; cartonné, 12 fr.

Langlois et Leclercq, éditeurs.

Successeurs de Pitois-Levrault et C°, rue de La Harpe, 81.

DICTIONNAIRE DE CONVERSATION

A l'usage des Dames et des jeunes Personnes, ou

Complément nécessaire de toute bonne éducation;

PUBLIÉ SOUS LA DIRECTION DE M. W. DUCKETT,

Rédacteur en chef du Dictionnaire de la Conversation et de la Lecture.

AVEC LE CONCOURS

Des principaux Collaborateurs à ce grand ouvrage.

OUVRAGE TERMINÉ.

L'ouvrage complet, illustré de 1,500 charmantes figures, et orné de 25 cartes géographiques coloriées, formera 10 volumes petit in-8° anglais d'environ 450 pages. Prix de chaque volume, 3 fr. 50 c.

Liste des Cartes géographiques qui accompagneront le Dictionnaire.

1° Mappemonde. — 2° France par départements. — 3° France par anciennes provinces. — 4° Europe. — 5° Asie. — 6° Afrique. — 7° Amérique méridionale. — 8° Amérique septentrionale. — 9° Océanie. — 10° Palestine. — 11° Algérie et Etats barbaresques. — 12° Gaules. — 13° Egypte. — 14° Confédération germanique (Autriche , Prusse , Pologne). — 15° Hollande et Belgique. — 16° Espagne et Portugal. — 17° Grèce ancienne. — 18° Italie ancienne. — 19° Italie et Sicile. — 20° Russie et Pologne. — 21° Grèce et Turquie. — 22° Suède et Norwège. — 23° Grande-Bretagne. — 24° Colonies françaises. — 25° Suisse.

L. Curmer, 49, rue Richelieu,

AU PREMIER.

LES FRANÇAIS PEINTS PAR EUX-MÊMES.

◆

L'ARMÉE,

PAR M. ÉM. DE LA BÉDOLLIÈRE.

DESSINS DE

MM. H. Vernet, E. Lami, Penguilly,
Jacque, Meissonnier.

30 CENTIMES LA LIVRAISON.

Cette curieuse et intéressante monographie de notre armée est assurément le travail le plus complet qui ait jamais été publié sur les mœurs de nos glorieux compatriotes. Les dessins qui accompagnent le texte sont les portraits de nos soldats tels qu'ils sont à la caserne, au feu, en campagne.

L. CURMER,

49, RUE RICHELIEU, AU PREMIER

MAGNIFIQUE OUVRAGE POUR ÉTRENNES.

LE

JARDIN DES PLANTES,

Par MM. P. BERNARD et L. COUAILHAC

ET UNE SOCIÉTÉ DE SAVANTS ATTACHÉS AU MUSÉUM.

Mœurs et insti... des animaux, botanique, anatomie
comparée, minéralogie, géologie, zoologie.)

GRAVURES COLORIÉES.

QUATRE CENTS GRAVURES d'Animau
de Fleurs, Vues du jardin, Portraits,
Gravures à l'eau-forte, Plan topographique

Un seul volume, 25 fr.

50 CENTIMES LA LIVRAISON.

caricatures, les 99 centièmes de ce qui paraît en ce genre sont imprimés par elle; c'est dire qu'elle seule possède un assortissement bien complet des dessins comiques destinés à l'amusement.

ESTAMPES, — ALBUMS, — LIVRES ILLUSTRÉS, — CARICATURES, — RECUEILS POUR JETER SUR LES TABLES DE SALON, — MODÈLES DE DESSINS, — ORNEMENTS, — MOTIFS POUR LES DESSINATEURS DE FABRIQUE, etc., etc., etc.

ALBUMS DE POCHE. Sous le titre de *Miroir du Bureaucrate*, — *Miroir du Collégien*, — *Miroir du Calicot*, — *Miroir du Pique-Assiette*, etc., format des Physiologies et du prix infiniment modique de 50 cent.

FOLIES CARICATURALES, fort piquant album de salon, paraissant par livraisons remplies d'une myriade de folies grotesques. Prix de la livraison, 50 cent.

L'ALBUM CHAOS, ouvrage du même genre, dessiné à la plume et pouvant servir de modèle de croquis. La livraison, 50 cent.

HISTOIRES PLAISANTES DE MM *Jabot*, — *Crépin*, — *Vieux-Bois*, — *Lajaunisse*, — *Lam hasse*, — *Vert-Pré*, — *Jobard*, — *Des deux vieilles Filles à marier*, — *et d'un Génie incompris*. — Prix de chaque album, 6 fr.

CHOIX IMMENSE D'OUVRAGES DE TOUS GENRES POUR CADEAUX D'ÉTRENNES, — SOUVENIRS DE VOYAGE, — LIVRES A GRAVURES, etc., etc.

Publications pour Enfants.

LA MORALE EN IMAGES, texte par MM. *l'abbé de Savigny*, — *Léon Guérin*, — *O. Fournier*, — *A. Auvial*, — *Michelant et madame Eugénie Foa*; — Dessins de MM. *Alophe*, — *Beaume*, — *Charlet*, — *Jules David*, — *Devéria*, — *Francis*, — *Johannot*, — *Janet-Lange*, — *Louis Lassalle*, — *Léon Noël*, — *C. Roqueplan*, — *E. Wattier*, et autres, publié sous la direction de M. *Ch. Philipon*. Livraisons de 25 cent., 40 livraisons forment un volume dont le prix sera porté à 12 fr. aussitôt qu'il sera complet.

LE PANTHÉON DE LA JEUNESSE, histoire des Enfants célèbres, 50 cent. la livraison. — LES SOIRÉES D'AUTOMNE, nouvelle morale en actions . 25 cent. la livraison. — LE VOCABULAIRE DES ENFANTS, — le LIVRE D'IMAGES, etc., etc.